AF458123

OBSERVATIONS

DE

JEAN-JACQUES ROUSSEAU,

DE GENEVE.

Sur la Réponse qui a été faite à son Discours.

M. DCC. LI.

OBSERVATIONS

DE

JEAN-JACQUES ROUSSEAU,

DE GENEVE.

Sur la Réponse qui a été faite à son Discours.

E devrois plutôt un remercîment qu'une réplique à l'Auteur Anonyme, qui vient d'honorer mon Discours d'une Réponse. Mais ce que je dois à la reconnoissance ne me fera point oublier ce que je dois à la vérité ; & je n'oublierai pas, non plus, que toutes les fois qu'il est question de raison, les hommes rentrent dans le droit de la Nature, & reprennent leur premiére égalité.

Le Discours auquel j'ai à répliquer est plein de choses très-vraies & très-bien prouvées, ausquelles je ne vois aucune Réponse : car quoique j'y sois qualifié de Docteur, je serois bien faché d'être au nombre de ceux qui sçavent répondre à tout.

Ma défense n'en sera pas moins facile. Elle se bornera à comparer avec mon sentiment les vérités qu'on m'objecte ; car si je prouve qu'elles ne l'attaquent point, ce sera, je crois, l'avoir assez bien défendu.

Je puis réduire à deux points principaux, toutes les Propositions établies par mon Adversaire ; l'un renferme l'éloge des Sciences ; l'autre traite de leur abus. Je les examinerai séparément.

Il ſemble au ton de la Réponſe, qu'on ſeroit bien aiſe que j'euſſe dit des Sciences beaucoup plus de mal que je n'en ai dit en effet. On y ſuppoſe que leur éloge qui ſe trouve à la tête de mon Diſcours, a dû me coûter beaucoup; c'eſt, ſelon l'Auteur, un aveu arraché à la vérité & que je n'ai pas tardé à rétracter.

Si cet aveu eſt un éloge arraché par la vérité, il faut donc croire que je penſois des Sciences le bien que j'en ai dit; le bien que l'Auteur en dit lui-même n'eſt donc point contraire à mon ſentiment. Cet aveu, dit-on, eſt arraché par force : tant mieux pour ma cauſe; car cela montre que la vérité eſt chez moi plus forte que le penchant. Mais ſur quoi peut-on juger que cet éloge eſt forcé? Seroit-ce pour être mal fait? ce ſeroit intenter un procès bien terrible à la ſincérité des Auteurs, que d'en juger ſur ce nouveau principe. Seroit-ce pour être trop court? Il me ſemble que j'aurois pû facilement dire moins de choſes en plus de pages. C'eſt, dit-on, que je me ſuis rétracté; j'ignore en quel endroit j'ai fait cette faute; & tout ce que je puis répondre, c'eſt que ce n'a pas été mon intention.

La Science eſt très-bonne en ſoi, cela eſt évident; & il faudroit avoir renoncé au bon ſens, pour dire le contraire. L'Auteur de toutes choſes eſt la ſource de la vérité; tout connoître eſt un de ſes divins attributs. C'eſt donc participer en quelque ſorte à la ſuprême intelligence, que d'acquérir des connoiſſances & d'étendre ſes lumiéres. En ce ſens j'ai loüé le ſçavoir, & c'eſt en ce ſens que le louë mon Adverſaire. Il s'étend encore ſur les divers genres d'utilité que l'Homme peut retirer des Arts & des Sciences; & j'en aurois volontiers dit autant, si cela eût été de mon ſujet. Ainſi nous ſommes parfaitement d'accord en ce point.

Mais comment ſe peut-il faire, que les Sciences dont la ſource eſt ſi pure & la fin ſi loüable, engendrent tant d'impiétés, tant d'héréſies, tant d'erreurs, tant de ſyſtêmes abſurdes, tant de contrariétés, tant d'inepties, tant de Satyres ameres, tant de miſérables Romans, tant de Vers licentieux, tant de Livres obſcènes; & dans ceux qui les cultivent, tant d'orgueil, tant d'avarice, tant de malignité, tant de cabales, tant de jalouſies, tant de menſonges, tant de noirceurs, tant de calomnies, tant de lâches & honteuſes flatteries? Je diſois que c'eſt parce que la Science toute belle, toute ſublime quelle eſt n'eſt, point faite pour l'homme; qu'il a l'eſprit trop borné pour y faire de grands progrès, & trop de paſſions dans le cœur pour n'en pas faire un mauvais uſage; que c'eſt aſſez pour lui de bien étudier ſes devoirs, & que chacun a reçu toutes les lumiéres dont il a beſoin pour cette étude. Mon Adverſaire avouë de ſon côté que les Sciences deviennent nuiſibles quand on en abuſe, & que pluſieurs en abuſent en effet. En cela, nous ne diſons pas, je crois, des choſes fort différentes; j'ajoûte, il eſt vrai, qu'on en abuſe beaucoup, & qu'on en abuſe toûjours, & il ne me ſemble pas que dans la Réponſe on ait ſoutenu le contraire.

Je peux donc aſſurer que nos principes; & par conſéquent, toutes les propoſitions qu'on en peut déduire n'ont rien d'oppoſé, & c'eſt ce que j'avois à prouver. Cependant, quand nous venons à conclurre, nos deux conclusions se trouvent contraires. La mienne étoit que, puisque les Sciences font plus de mal aux mœurs que de bien à la société, il eut été à désirer que les hommes s'y fussent livrés avec moins d'ardeur. Celle de mon Adversaire est que, quoique les Sciences fassent beaucoup de mal, il ne faut pas laisser de les cultiver à cause du bien qu'elles font. Je m'en rapporte, non au Public, mais au petit nombre des vrais Philosophes, sur celle qu'il faut préférer de ces deux conclusions.

Il me reste de legéres Observations à faire, sur quelques endroits de cette Réponse, qui m'ont paru manquer un peu de la justesse que j'admire volontiers dans les autres, & qui ont pû contribuer par-là à l'erreur de la conséquence que l'Auteur en tire.

L'ouvrage commence par quelques

perſonnalités que je ne releverai qu'autant qu'elles feront à la queſtion. L'Auteur m'honore de pluſieurs éloges, & c'eſt aſſurément m'ouvrir une belle carriére. Mais il y a trop peu de proportion entre ces choſes : un ſilence reſpectueux ſur les objets de notre admiration, eſt ſouvent plus convenable, que des loüanges indiſcrettes. *

Mon diſcours, dit-on, a de quoi

* Tous les Princes, bons & mauvais, ſeront toûjours baſſement & indifféremment loüés, tant qu'il y aura des Courtiſans & des Gens de Lettres. Quant aux Princes qui ſont de grands Hommes, il leur faut des éloges plus modérés & mieux choiſis. La flaterie offenſe leur vertu, & la loüange même peut faire tort à leur gloire. Je ſçais bien, du moins, que Trajan ſeroit beaucoup plus grand à mes yeux, ſi Pline n'eût jamais écrit. Si Alexandre eût été en effet ce qu'il affectoit de paroître, il n'eût point ſongé à ſon portrait ni à ſa Statuë; mais pour ſon Panégyrique, il n'eût permis qu'à un Lacédémonien de le faire, au riſque de n'en point avoir. Le ſeul éloge digne d'un Roy, eſt celui qui ſe fait entendre, non par la bouche mercénaire d'un Orateur, mais par la voix d'un Peuple libre.

ſurprendre; (*a*) il me ſemble que ceci demanderoit quelque éclairciſſement. On eſt encore ſurpris de le voir couronné; ce n'eſt pourtant pas un prodige de voir couronner de médiocres écrits. Dans tout autre ſens cette ſurpriſe ſeroit auſſi honorable à l'Académie de Dijon, qu'injurieuſe à l'intégrité des Académies en général; & il eſt aiſé de ſentir combien j'en ferois le profit de ma cauſe.

On me taxe par des Phraſes fort agréablement arrangées de contradiction entre ma conduite & ma

(*a*) C'eſt de la queſtion même qu'on pourroit être ſurpris: grande & belle queſtion s'il en fût jamais, & qui pourra bien n'être pas ſi-tôt renouvellée. L'Académie Françoiſe vient de propoſer pour le prix d'éloquence de l'année 1752. un ſujet fort ſemblable à celui-là. Il s'agit de ſoûtenir que l'*Amour des Lettres inſpire l'amour de la vertu.* L'Académie n'a pas jugé à propos de laiſſer un tel ſujet en problême; & cette ſage Compagnie a doublé dans cette occaſion le tems quelle accordoit ci-devant aux Auteurs, même pour les ſujets les plus difficiles.

doctrine ; on me reproche d'avoir cultivé moi-même les études que je condamne ; (*b*) puisque la Science & la Vertu sont incompatibles, comme on prétend que je m'efforce de le prouver, on me demande d'un ton assez pressant comment j'ose employer l'une en me déclarant pour l'autre.

Il y a beaucoup d'adresse à m'impliquer ainsi moi-même dans la question ; cette personnalité ne peut manquer de jetter de l'embarras dans ma Réponse, ou plutôt dans mes Réponses ; car malheureusement j'en ai plus

(*b*) Je ne sçaurois me justifier, comme bien d'autres, sur ce que notre éducation ne dépend point de nous, & qu'on ne nous consulte pas pour nous empoisonner : c'est de très-bon gré que je me suis jetté dans l'étude ; & c'est de meilleur cœur encore que je l'ai abandonnée, en m'appercevant du trouble qu'elle jettoit dans mon ame sans aucun profit pour ma raison. Je ne veux plus d'un métier trompeur, où l'on croit beaucoup faire pour la sagesse, en faisant tout pour la vanité.

d'une à faire. Tâchons du moins que la justesse y supplée à l'agrément.

1. Que la culture des Sciences corrompe les mœurs d'une nation, c'est ce que j'ai osé soûtenir, c'est ce que j'ose croire avoir prouvé. Mais comment aurois-je pû dire que dans chaque Homme en particulier la Science & la Vertu sont incompatibles, moi qui ai exhorté les Princes à appeller les vrais Sçavans à leur Cour, & à leur donner leur confiance, afin qu'on voye une fois ce que peuvent la Science & la Vertu réunies pour le bonheur du genre humain? Ces vrais Sçavans sont en petit nombre, je l'avoue; car pour bien user de la Science, il faut réunir de grands talens & de grandes Vertus; or c'est ce qu'on peut à peine espérer de quelques ames privilégiées, mais qu'on ne doit point attendre de tout un peuple. On ne sçauroit donc

conclure de mes principes qu'un homme ne puiſſe être ſçavant & vertueux tout à la fois.

2. On pourroit encore moins me preſſer perſonnellement par cette prétenduë contradiction, quand même elle exiſteroit réellement. J'adore la Vertu, mon cœur me rend ce témoignage; il me dit trop auſſi, combien il y a loin de cet amour à la pratique qui fait l'homme vertueux; d'ailleurs, je ſuis fort éloigné d'avoir de la Science, & plus encore d'en affecter. J'aurois crû que l'aveu ingénu que j'ai fait au commencement de mon Diſcours me garantiroit de cette imputation, je craignois bien plutôt qu'on ne m'accuſât de juger des choſes que je ne connoiſſois pas. On ſent aſſez combien il m'étoit impoſſible d'éviter à la fois ces deux reproches. Que ſçais-je même, ſi l'on n'en viendroit point à les

réunir, si je ne me hâtois de passer condamnation sur celui-ci, quelque peu mérité qu'il puisse être?

3. Je pourrois rapporter à ce sujet, ce que disoient les Peres de l'Eglise des Sciences mondaines qu'ils méprisoient, & dont pourtant ils se servoient pour combattre les Philosophes Payens. Je pourrois citer la comparaison qu'ils en faisoient avec les vases des Egyptiens volés par les Israélites : mais je me contenterai pour derniere Réponse, de proposer cette question : Si quelqu'un venoit pour me tuer & que j'eusse le bonheur de me saisir de son arme, me seroit-il défendu, avant que de la jetter, de m'en servir pour le chasser de chez moi?

Si la contradiction qu'on me reproche n'éxiste pas; il n'est donc pas nécessaire de supposer que je n'ai voulu que m'égaier sur un frivole paradoxe;

& cela me paroît d'autant moins nécessaire, que le ton que j'ai pris, quelque mauvais qu'il puisse être, n'est pas du moins celui qu'on employe dans les jeux d'esprit.

Il est tems de finir sur ce qui me regarde : on ne gagne jamais rien à parler de soi ; & c'est une indiscrétion que le Public pardonne difficilement, même quand on y est forcé. La vérité est si indépendante de ceux qui l'attaquent & de ceux qui la défendent, que les Auteurs qui en disputent devroient bien s'oublier réciproquement ; cela épargneroit beaucoup de papier & d'encre. Mais cette régle si aisée à pratiquer avec moi, ne l'est point du tout vis-à-vis de mon Adversaire ; & c'est une différence qui n'est pas à l'avantage de ma réplique.

L'Auteur observant que j'attaque les Sciences & les Arts, par leurs effets sur

ſur les mœurs, employe pour me répóndre le dénombrement des utilités qu'on en retire dans tous les états; c'eſt comme ſi, pour juſtifier un accuſé, on ſe contentoit de prouver qu'il ſe porte fort bien, qu'il a beaucoup d'habileté, ou qu'il eſt fort riche. Pourvû qu'on m'accorde que les Arts & les Sciences nous rendent malhonnêtes gens, je ne diſconviendrai pas qu'ils ne nous ſoient d'ailleurs très-commodes; c'eſt une conformité de plus qu'ils auront avec la plûpart des vices.

L'Auteur va plus loin, & prétend encore que l'étude nous eſt néceſſaire pour admirer les beautés de l'univers, & que le ſpectacle de la nature, expoſé, ce ſemble, aux yeux de tous pour l'inſtruction des ſimples, éxige lui-même beaucoup d'inſtruction dans les Obſervateurs pour en être apperçu. J'avouë que cette propoſition me ſurprend:

ſeroit-ce qu'il eſt ordonné à tous les hommes d'être Philoſophes, ou qu'il n'eſt ordonné qu'aux ſeuls Philoſophes de croire en Dieu ? L'Ecriture nous exhorte en mille endroits d'adorer la grandeur & la bonté de Dieu dans les merveilles de ſes œuvres; je ne penſe pas qu'elle nous ait preſcrit nulle part d'étudier la Phyſique, ni que l'Auteur de la Nature ſoit moins bien adoré par moi qui ne ſçais rien, que par celui qui connoît & le cédre, & l'hyſope; & la trompe de la mouche, & celle de l'Eléphant.

On croit toûjours avoir dit ce que font les Sciences, quand on a dit ce qu'elles devroient faire. Cela me paroît pourtant fort différent : l'étude de l'Univers devroit élever l'homme à ſon Créateur, je le ſçais ; mais elle n'éleve que la vanité humaine. Le Philoſophe, qui ſe flate de pénetrer dans les ſecrets de Dieu, oſe aſſocier ſa prétenduë ſageſſe à la ſageſſe éternelle: il approuve, il blâme, il corrige, il preſcrit des loix à la nature, & des bornes à la Divinité; & tandis qu'occupé de ſes vains ſyſtêmes, il ſe donne mille peines pour arranger la machine du monde, le Laboureur qui voit la pluye & le ſoleil tour à tour fertiliſer ſon champ, admire loüe & bénit la main dont il reçoit ces graces, ſans ſe mêler de la maniére dont elles lui parviennent. Il ne cherche point à juſtifier ſon ignorance ou ſes vices par ſon incrédulité. Il ne cenſure point les œuvres de Dieu, & ne s'attaque point à ſon maître pour faire briller ſa ſuffiſance. Jamais le mot impie d'Alphonſe X. ne tombera dans l'eſprit d'un homme vulgaire: c'eſt à une bouche ſçavante que ce blaſphême étoit reſervé.

La curiosité naturelle à l'homme, continuë-t'on, *lui inspire l'envie d'apprendre.* Il devroit donc travailler à la contenir, comme tous ses penchans naturels. *Ses besoins lui en font sentir la nécessité.* A bien des égards les connoissances sont utiles; cependant les sauvages sont des hommes, & ne sentent point cette nécessité là, *ses emplois lui en imposent l'obligation.* Ils lui imposent bien plus souvent celle de renoncer à l'étude pour vacquer à ses devoirs. (*c*) *Ses progrès lui en font goûter le plaisir.* C'est pour cela même qu'il devroit s'en défier. *Ses premieres découvertes augmentent l'avidité qu'il a de sçavoir.* Cela arrive en effet, à ceux qui ont du talent. *Plus il connoît, plus*

(*c*) C'est une mauvaise marque pour une société, qu'il faille tant de Science dans ceux qui la conduisent, si les hommes étoient ce qu'ils doivent être, ils n'auroient guéres besoin d'étudier pour apprendre les choses qu'ils ont à faire.

il sent qu'il a de connoissances à acquerir; c'est-à-dire, que l'usage de tout le tems qu'il perd, est de l'exciter à en perdre encore davantage: mais il n'y a guéres qu'un petit nombre d'hommes de génie en qui la vuë de leur ignorance se développe en apprenant, & c'est pour eux seulement que l'étude peut-être bonne: à peine les petits esprits ont-ils appris quelque chose qu'ils croient tout sçavoir, & il n'y a sorte de sotise que cette persuasion ne leur fasse dire & faire. *Plus il a de connoissances acquises, plus il a de facilité à bien faire.* On voit qu'en parlant ainsi, l'Auteur a bien plus consulté son cœur qu'il n'a observé les hommes.

Il avance encore, qu'il est bon de connoître le mal pour apprendre à le fuir; & il fait entendre qu'on ne peut s'assurer de sa vertu qu'après l'avoir mise à l'épreuve. Ces maximes sont au moins douteuſes & ſujetes à bien des diſcuſſions. Il n'eſt pas certain que pour apprendre à bien faire, on ſoit obligé de ſçavoir en combien de maniéres on peut faire le mal. Nous avons un guide intérieur, bien plus infaillible que tous les livres, & qui ne nous abandonne jamais dans le beſoin. C'en ſeroit aſſez pour nous conduire innocemment, ſi nous voulions l'écouter toûjours; & comment ſeroit-on obligé d'éprouver ſes forces pour s'aſſurer de ſa vertu, ſi c'eſt un des exercices de la vertu de fuir les occaſions du vice?

L'homme ſage eſt continuellement ſur ſes gardes, & ſe défie toûjours de ſes propres forces: il reſerve tout ſon courage pour le beſoin, & ne s'expoſe jamais mal-à-propos. Le fanfaron eſt celui qui ſe vante ſans ceſſe de plus qu'il ne peut faire, & qui, après avoir bravé & inſulté tout le monde, ſe laiſſe battre à la premiere rencontre. Je demande lequel de ces deux portraits ressemble le mieux à un Philosophe aux prises avec ses passions.

On me reproche d'avoir affecté de prendre chez les anciens, mes exemples de vertu. Il y a bien de l'apparence que j'en aurois trouvé encore davantage, si j'avois pû remonter plus haut : j'ai cité aussi un peuple moderne, & ce n'est pas ma faute, si je n'en ai trouvé qu'un. On me reproche encore dans une maxime générale des paralleles odieux, où il entre, dit-on, moins de zéle & d'équité que d'envie contre mes compatriotes & d'humeur contre mes contemporains. Cependant, personne, peut-être, n'aime autant que moi son pays & ses compatriotes. Au surplus, je n'ai qu'un mot à répondre. J'ai dit mes raisons & ce sont elles qu'il faut peser. Quant à mes intentions, il en faut laisser le jugement à celui-là seul auquel il appartient.

Je ne dois point passer ici sous silence une objection considérable qui m'a déja été faite par un Philosophe : * *N'est-ce point*, me dit-on ici, *au climat, au tempéramment, au manque d'occasion, au défaut d'objet, à l'œconomie du gouvernement, aux Coûtumes, aux Loix, à toute autre cause qu'aux Sciences qu'on doit attribuer cette différence qu'on remarque quelquefois dans les mœurs en différens pays & en différens tems ?*

Cette question renferme de grandes vuës & demanderoit des éclaircissemens trop étendus pour convenir à cet écrit. D'ailleurs, il s'agiroit d'examiner les relations très-cachées, mais très-réelles qui se trouvent entre la nature du gouvernement, & le génie, les

* Préf. de l'Encycl.

mœurs & les connoiſſances des citoyens ; & ceci me jetteroit dans des diſcuſſions délicates, qui me pourroienr mener trop loin. De plus, il me ſeroit bien difficile de parler de gouvernement, ſans donner trop beau je ı à mon Adverſaire ; & tout bien peſé, ce ſont des recherches bonnes à faire à Genêve, & dans d'autres circonſtances.

Je paſſe à une accuſation bien plus grave que l'objection précédente. Je la tranſcrirai dans ſes propres termes ; car il eſt important de la mettre fidélement ſous les yeux du Lecteur.

Plus le Chrétien examine l'autenticité de ſes Titres, plus il ſe raſſure dans la poſſeſſion de ſa croyance ; plus il étudie la revélation, plus il ſe fortifie dans la foi : C'eſt dans les divines Ecritures qu'il en découvre l'origine & l'excellence ; c'eſt dans les doctes écrits des Peres de l'Egliſe, qu'il en suit de siécle en siécle le developpement ; c'est dans les Livres de morale & les annales saintes, qu'il en voit les exemples & qu'il s'en fait l'application.

Quoi! l'ignorance enlevera à la Religion & à la vertu des appuis si puissans! & ce sera à elle qu'un Docteur de Genêve enseignera hautement qu'on doit l'irrégularité des mœurs! On s'étonneroit davantage d'entendre un si étrange paradoxe, si on ne sçavoit que la singularité d'un systême, quelque dangereux qu'il soit, n'est qu'une raison de plus pour qui n'a pour régle que l'esprit particulier.

J'ose le demander à l'Auteur ; comment a-t'il pû jamais donner une pareille interprétation aux principes que j'ai établis ? Comment a-t'il pû m'accuser de blâmer l'étude de la Religion, moi qui blâme sur-tout l'étude de nos vaines Sciences, parce qu'elle nous détourne de celle de nos devoirs ? &

qu'eſt-ce que l'étude des devoirs du Chrétien, ſinon celle de ſa Religion même ?

Sans doute j'aurois dû blâmer expreſſément toutes ces puériles ſubtilités de la Scholaſtique, avec leſquelles, ſous prétexte d'éclaircir les principes de la Religion, on en anéantit l'eſprit en ſubſtituant l'orgueil ſcientifique à l'humilité chrétienne. J'aurois dû m'élever avec plus de force contre ces Miniſtres indiſcrets, qui les premiers ont oſé porter les mains à l'Arche, pour étayer avec leur foible ſçavoir un édifice ſoûtenu par la main de Dieu. J'aurois dû m'indigner contre ces hommes frivoles, qui par leurs miſérables pointilleries, ont avili la ſublime ſimplicité de l'Evangile, & réduit en ſyllogiſmes la doctrine de Jeſus-Chriſt. Mais il s'agit aujourd'hui de me défendre, & non d'attaquer.

Je vois que c'est par l'hiſtoire & les faits qu'il faudroit terminer cette diſpute. Si je ſçavois expoſer en peu de mots ce que les Sciences & la Religion ont eu de commun dès le commencement, peut-être cela ſerviroit-il à décider la queſtion ſur ce point.

Le Peuple que Dieu s'étoit choiſi, n'a jamais cultivé les Sciences, & on ne lui en a jamais conſeillé l'étude; cependant, ſi cette étude étoit bonne à quelque choſe, il en auroit eu plus beſoin qu'un autre. Au contraire, ſes Chefs firent toûjours leurs efforts pour le tenir ſéparé autant qu'il étoit poſſible des Nations idolâtres & ſçavantes qui l'environnoient. Précaution moins néceſſaire pour lui d'un côté que de l'autre; car ce Peuple foible & groſſier, étoit bien plus aiſé à ſéduire par les fourberies des Prêtres de Bahal, que par les Sophiſmes des Philoſophes.

Après des diſperſions fréquentes parmi les Egyptiens & les Grecs, la Science eut encore mille peines à germer dans les têtes des Hébreux. Joſeph & Philon, qui par tout ailleurs n'auroient été que deux hommes médiocres, furent des prodiges parmi eux. Les Saducéens, reconnoiſſables à leur irréligion, furent les Philoſophes de Jéruſalem ; les Phariſiens, grands hipocrites, en furent les Docteurs. (*d*) Ceux-ci, quoi qu'ils bornaſſent à peu près leur Science à l'étude

(*d*) On voyoit regner entre ces deux partis, cette haine & ce mépris réciproque qui regnerent de tous tems entre les Docteurs & les Philoſophes ; c'eſt-à-dire, entre ceux qui font de leur tête un répertoire de la Science d'autrui, & ceux qui ſe piquent d'en avoir une à eux. Mettez aux priſes le maître de muſique & le maître à danſer du Bourgeois Gentilhomme, vous aurez l'antiquaire & le bel eſprit ; le Chymiſte & l'Homme de Lettres ; le Juriſconſulte & le Médecin ; le Géometre & le Verſificateur ; le Théologien & le Philoſophe ; pour bien juger de tous ces Gens-là, il ſuffit de s'en rapporter à eux-mêmes, & d'écouter ce que chacun vous dit, non de ſoi, mais des autres.

de la Loi, faisoient cette étude avec tout le faste & toute la suffisance dogmatique; ils observoient aussi avec un très-grand soin toutes les pratiques de la Religion; mais l'Evangile nous apprend l'esprit de cette exactitude, & le cas qu'il en faloit faire: au surplus, ils avoient tous très-peu de Science & beaucoup d'orgueil; & ce n'est pas en cela qu'ils différoient le plus de nos Docteurs d'aujourd'hui.

Dans l'établissement de la nouvelle Loi, ce ne fut point à des Sçavans que Jesus-Christ voulut confier sa doctrine & son ministere. Il suivit dans son choix la prédilection qu'il a montrée en toute occasion pour les petits & les simples. Et dans les instructions qu'il donnoit à ses disciples, on ne voit pas un mot d'étude ni de Science, si ce n'est pour marquer le mépris qu'il faisoit de tout cela.

Après la mort de Jesus-Christ, douze pauvres pêcheurs & artisans entreprirent d'instruire & de convertir le monde. Leur méthode étoit simple; ils prêchoient sans Art, mais avec un cœur pénetré, & de tous les miracles dont Dieu honoroit leur foi; le plus frappant étoit la sainteté de leur vie; leurs disciples suivirent cet exemple, & le succès fut prodigieux. Les Prêtres Payens allarmés firent entendre aux Princes que l'état étoit perdu parce que les offrandes diminuoient. Les persécutions s'éleverent, & les persécuteurs ne firent qu'accélerer les progrès de cette Religion qu'ils vouloient étouffer. Tous les Chrétiens couroient au martyre, tous les Peuples couroient au Baptême: l'histoire de ces premiers tems est un prodige continuel.

Cependant les Prêtres des idoles, non contens de persécuter les Chrétiens, se mirent à les calomnier; les Philosophes, qui ne trouvoient pas leur compte dans une Religion qui prêche l'humilité, se joignirent à leurs Prêtres. Les railleries & les injures pleuvoient de toutes parts sur la nouvelle Secte. Il falut prendre la plume pour se défendre. Saint Justin Martyr (*e*)

(*e*) Ces premiers écrivains qui scelloient de leur sang le témoignage de leur plume, seroient aujourd'hui des Auteurs bien scandaleux; car ils soûtenoient précisément le même sentiment que moi. Saint Justin dans son entretien avec Triphon, passe en revue les diverses Sectes de Philosophie dont il avoit autrefois essayé, & les rend si ridicules qu'on croiroit lire un Dialogue de Lucien: aussi voit-on dans l'Apologie de Tertullien, combien les premiers Chrétiens se tenoient offensés d'être pris pour des Philosophes.

Ce seroit, en effet, un détail bien flétrissant pour la Philosophie, que l'exposition des maximes pernicieuses, & des dogmes impies de ses diverses Sectes. Les Epicuriens nioient toute providence, les Académiciens doutoient de l'existence de la Divinité, & les Stoïciens de l'immortalité de l'ame. Les Sectes moins célebres n'avoient pas de meilleurs sentimens; en voici un échantillon dans ceux de Théodore, chef d'une des deux branches des Cyrenaïques, rapporté par Diogéne Laerce. *Sustulit amicitiam quòd ea neque insipientibus neque sapientibus adsit. . . . Probabile dicebat prudentem virum non seipsum pro patria*

écrivit

écrivit le premier l'Apologie de sa foi.

periculis exponere, neque enim pro insipientium commodis amittendam esse prudentiam. Furto quoque & adulterio & sacrilegio cum tempestivum erit daturum operam sapientem. Nihil quippe horum turpe naturâ esse. Sed auferatur de hisce vulgaris opinio, quæ è stultorum imperitorumque plebeculâ conflata est.... sapientem publicè absque ullo pudore ac suspicione scortis congressurum.

Ces opinions sont particulieres, je le sçais; mais y a-t'il une seule de toutes les Sectes qui ne soit tombée dans quelque erreur dangereuse; & que dirons-nous de la distinction des deux doctrines si avidement reçuë de tous les Philosophes, & par laquelle ils professoient en secret des sentimens contraires à ceux qu'ils enseignoient publiquement? Pythagore fut le premier qui fit usage de la doctrine intérieure; il ne la découvroit à ses disciples qu'après de longues épreuves & avec le plus grand mystere; il leur donnoit en secret des leçons d'Athéisme, & offroit solemnellement des Hécatombes à Jupiter. Les Philosophes se trouverent si bien de cette méthode, qu'elle se répandit rapidement dans la Grece, & de-là dans Rome; comme on le voit par les ouvrages de Ciceron, qui se moquoit avec ses amis des Dieux immortels, qu'il attestoit avec tant d'emphase sur la Tribune aux harangues.

La doctrine intérieure n'a point été portée d'Europe à la Chine; mais elle y est née aussi avec la Philosophie; & c'est à elle que les Chinois sont redevables de cette foule d'Athées ou de Philosophes qu'ils ont parmi eux. L'Histoire de cette fatale doctrine, faite par un homme instruit & sincére, seroit un terrible coup porté à la Philosophie ancienne & moderne. Mais la Philosophie bravera toûjours la raison, la vérité, & le tems même; parce qu'elle

On attaqua les Payens à leur tour; les attaquer c'étoit les vaincre; les premiers succès encouragerent d'autres écrivains : sous prétexte d'exposer la turpitude du Paganisme, on se jetta dans la mythologie & dans l'érudition; (*f*) on voulut montrer de la Science & du bel esprit, les Livres parurent en foule, & les mœurs commencerent à se relâcher.

Bien-tôt on ne se contenta plus de la simplicité de l'Evangile & de la foi des Apôtres, il falut toûjours avoir plus d'esprit que ses prédécesseurs. On subtilisa sur tous les dogmes; chacun voulut soûtenir son opinion, per-

a sa source dans l'orgueil humain, plus fort que toutes ces choses.

(*f*) On a fait de justes reproches à Clément d'Alexandrie, d'avoir affecté dans ses écrits une érudition profane, peu convenable à un Chrétien. Cependant, il semble qu'on étoit excusable alors de s'instruire de la doctrine contre laquelle on avoit à se défendre. Mais qui pourroit voir sans rire toutes les peines que se donnent aujourd'hui nos Sçavans pour éclaircir les rêveries de la mythologie?

ſonne ne voulut céder. L'ambition d'être Chef de Secte ſe fit entendre, les héréſies pullulerent de toutes parts.

L'emportement & la violence ne tarderent pas à ſe joindre à la diſpute. Ces Chrétiens ſi doux, qui ne ſçavoient que tendre la gorge aux coûteaux, devinrent entr'eux des perſécuteurs furieux pires que les idolâtres: tous tremperent dans les mêmes excès, & le parti de la vérité ne fut pas ſoûtenu avec plus de modération que celui de l'erreur.

Un autre mal encore plus dangereux naquit de la même ſource. C'eſt l'introduction de l'ancienne Philoſophie dans la doctrine Chrétienne. A force d'étudier les Philoſophes Grecs, on crut y voir des rapports avec le Chriſtianiſme. On oſa croire que la Religion en deviendroit plus reſpectable, revêtuë de l'autorité de la Philoſophie ; il fut un tems où il faloit être Platonicien pour être Orthodoxe ; & peu s'en falut que Platon d'abord, & enſuite Ariſtote ne fut placé ſur l'Autel à côté de Jeſus-Chriſt.

L'Egliſe s'éleva plus d'une fois contre ces abus. Ses plus illuſtres défenſeurs les déplorerent ſouvent en termes pleins de force & d'énergie : ſouvent ils tenterent d'en bannir toute cette Science mondaine, qui en ſouilloit la pureté. Un des plus illuſtres Papes en vint même juſqu'à cet excès de zéle de ſoûtenir que c'étoit une choſe honteuſe d'aſſervir la parole de Dieu aux régles de la Grammaire.

Mais ils eurent beau crier ; entraînés par le torrent, ils furent contraints de ſe conformer eux-mêmes à l'uſage qu'ils condamnoient ; & ce fut d'une maniére très-ſçavante, que la plûpart d'entre eux déclamerent contre le progrès des Sciences.

Après de longues agitations, les choses prirent enfin une assiete plus fixe. Vers le dixiéme siécle, le flambeau des Sciences cessa d'éclairer la terre ; le Clergé demeura plongé dans une ignorance, que je ne veux pas justifier, puisqu'elle ne tomboit pas moins sur les choses qu'il doit sçavoir que sur celles qui lui sont inutiles, mais à laquelle l'Eglise gagna du moins un peu plus de repos qu'elle n'en avoit éprouvé jusques-là.

Après la renaissance des Lettres, les divisions ne tarderent pas à recommencer plus terribles que jamais. De sçavans Hommes émurent la querelle, de sçavans Hommes la soûtinrent, & les plus capables se montrerent toûjours les plus obstinés. C'est en vain qu'on établit des conférences entre les Docteurs des différens partis : aucun n'y portoit l'amour de la réconciliation, ni peut-être celui de la vérité; tous n'y portoient que le désir de briller aux dépens de leur Adversaire; chacun vouloit vaincre, nul ne vouloit s'instruire; le plus fort imposoit silence au plus foible; la dispute se terminoit toûjours par des injures, & la persécution en a toûjours été le fruit. Dieu seul sçait quand tous ces maux finiront.

Les Sciences sont florissantes aujourd'hui, la Littérature & les Arts brillent parmi nous; quel profit en a tiré la Religion? Demandons-le à cette multitude de Philosophes qui se piquent de n'en point avoir. Nos Bibliothéques regorgent de Livres de Théologie; & les Casuistes fourmillent parmi nous. Autrefois nous avions des Saints & point de Casuistes. La Science s'étend & la foi s'anéantit. Tout le monde veut enseigner à bien faire, & personne ne veut l'apprendre; nous sommes tous devenus Docteurs, & nous avons cessé d'être Chrétiens.

Non, ce n'est point avec tant d'Art & d'appareil que l'Evangile s'est étendu par tout l'Univers, & que sa beauté ravissante a pénétré les cœurs. Ce divin Livre, le seul nécessaire à un Chrétien, & le plus utile de tous à quiconque même ne le seroit pas, n'a besoin que d'être médité pour porter dans l'ame l'amour de son Auteur, & la volonté d'accomplir ses préceptes. Jamais la vertu n'a parlé un si doux langage; jamais la plus profonde sagesse ne s'est exprimée avec tant d'énergie & de simplicité. On n'en quitte point la lecture sans se sentir meilleur qu'auparavant. O vous, Ministres de la Loi qui m'y est annoncée, donnez-vous moins de peine pour m'instruire de tant de choses inutiles. Laissez-là tous ces Livres

Sçavans, qui ne ſçavent ni me convaincre, ni me toucher. Proſternez-vous au pied de ce Dieu de miſéricorde, que vous vous chargez de me faire connoître & aimer; demandez-lui pour vous cette humilité profonde que vous devez me prêcher. N'étalez point à mes yeux cette Science orgueilleuſe, ni ce faſte indécent qui vous déshonorent & qui me révoltent; ſoyez touchés vous-mêmes, ſi vous voulez que je le ſois; & ſur tout, montrez-moi dans votre conduite la pratique de cette Loi dont vous prétendez m'inſtruire. Vous n'avez pas beſoin d'en ſçavoir, ni de m'en enſeigner davantage, & votre miniſtere eſt accompli. Il n'eſt point en tout cela queſtion de belles Lettres, ni de Philoſophie. C'eſt ainſi qu'il convient de ſuivre & de prêcher l'Evangile, & c'eſt ainſi que ſes premiers défenſeurs l'ont fait triompher de toutes les Nations, *non Ariſtotelico more,* diſoient les Peres de l'Egliſe, *ſed Piſcatorio.*

Je ſens que je deviens long, mais j'ai crû ne pouvoir me diſpenſer de m'étendre un peu ſur un point de l'importance de celui-ci. De plus, les Lecteurs impatiens doivent faire réfléxion que c'eſt une choſe bien commode que la critique; car où l'on attaque avec un mot, il faut des pages pour ſe défendre.

Je paſſe à la deuxiéme partie de la Réponſe, ſur laquelle je tâcherai d'être plus court, quoique je n'y trouve guéres moins d'obſervations à faire.

Ce n'eſt pas des Sciences, me dit-on, *c'eſt du ſein des richeſſes que ſont nés de tout tems la moleſſe & le luxe.* Je n'avois pas dit non plus, que le luxe fut né des Sciences; mais qu'ils étoient nés enſemble & que l'un n'alloit guéres ſans l'autre. Voici comment j'arrangerois cette généalogie. La premiére source du mal est l'inégalité ; de l'inégalité sont venuës les richesses ; car ces mots de pauvre & de riche sont relatifs, & par tout où les hommes seront égaux, il n'y aura ni riches ni pauvres. Des richesses sont nés le luxe & l'oisiveté; du luxe sont venus les beaux Arts, & de l'oisiveté les Sciences. *Dans aucun tems les richesses n'ont été l'appanage des Sçavans.* C'est en cela même que le mal est plus grand, les riches & les sçavans ne servent qu'à se corrompre mutuellement. Si les riches étoient plus sçavans, ou que les sçavans fussent plus riches ; les uns seroient de moins lâches flateurs; les autres aimeroient moins la basse flaterie, & tous en vaudroient mieux. C'est ce qui peut se voir par le petit nombre de ceux qui ont le bonheur d'être sçavans &

riches tout à la fois. *Pour un Platon dans l'opulence, pour un Aristippe accrédité à la Cour, combien de Philosophes réduits au manteau & à la besace, enveloppés dans leur propre vertu & ignorés dans leur solitude?* Je ne disconviens pas qu'il n'y ait un grand nombre de Philosophes très-pauvres, & sûrement très-fâchés de l'être: je ne doute pas non plus que ce ne soit à leur seule pauvreté, que la plûpart d'entre eux doivent leur Philosophie: mais quand je voudrois bien les supposer vertueux, seroit-ce sur leurs mœurs que le peuple ne voit point, qu'il apprendroit à réformer les siennes? *Les Sçavans n'ont ni le goût, ni le loisir d'amasser de grands biens.* Je consens à croire qu'ils n'en ont pas le loisir. *Ils aiment l'étude.* Celui qui n'aimeroit pas son métier, seroit un homme bien fou, ou bien misérable. *Ils vivent dans la médiocrité*; il faut être extrêmement diſpoſé en leur faveur pour leur en faire un mérite. *Une vie laborieuſe & moderée, paſſée dans le ſilence de la retraite, occupée de la lecture & du travail, n'eſt pas aſſurement une vie voluptueuſe & criminelle.* Non pas du moins aux yeux des hommes : tout dépend de l'intérieur. Un homme peut-être contraint à mener une telle vie, & avoir pourtant l'ame très-corrompuë ; d'ailleurs qu'importe qu'il ſoit lui-même vertueux & modeſte, ſi les travaux dont il s'occupe, nourriſſent l'oiſiveté & gâtent l'eſprit de ſes concitoyens ? *Les commodités de la vie pour être ſouvent le fruit des Arts, n'en ſont pas davantage le partage des Artiſtes.* Il ne me paroît guéres qu'ils ſoient gens à ſe les refuſer ; ſur tout ceux qui s'occupant d'Arts tout-à-fait inutiles & par conſéquent très-lucratifs, ſont plus en état de ſe procurer tout ce qu'ils desirent. *Ils ne travaillent que pour les riches.* Au train que prennent les choses, je ne serois pas étonné de voir quelque jour les riches travailler pour eux. *Et ce sont les riches oisifs qui profitent & abusent des fruits de leur industrie.* Encore une fois, je ne vois point que nos Artistes soient des gens si simples & si modestes; le luxe ne sçauroit regner dans un ordre de Citoyens, qu'il ne se glisse bien-tôt parmi tous les autres sous différentes modifications, & par tout il fait le même ravage.

Le luxe corrompt tout; & le riche qui en joüit, & le misérable qui le convoite. On ne sçauroit dire que ce soit un mal en soi de porter des manchetes de point, un habit brodé, & une boëte émaillée. Mais c'en est un très-grand de faire quelque cas de ces colifichets, d'estimer heureux le peuple qui les porte, & de consacrer à se mettre en état d'en acquérir de semblables, un tems & des soins que tout homme doit à de plus nobles objets. Je n'ai pas besoin d'apprendre quel est le métier de celui qui s'occupe de telles vuës, pour sçavoir le jugement que je dois porter de lui.

J'ai passé le beau portrait qu'on nous fait ici des Sçavans, & je crois pouvoir me faire un mérite de cette complaisance. Mon Adversaire est moins indulgent : non-seulement il ne m'accorde rien qu'il puisse me refuser ; mais plutôt que de passer condamnation sur le mal que je pense de notre vaine & fausse politesse, il aime mieux excuser l'hypocrisie. Il me demande si je voudrois que le vice se montrât à découvert ? Assurément je le voudrois. La confiance & l'estime renaîtroient entre les bons, on apprendroit à se défier des méchans, & la société en seroit plus sûre. J'aime mieux que mon ennemi m'attaque à force ouverte, que de venir en trahison me frapper par derriére. Quoi donc! faudra-t'il joindre le scandale au crime? Je ne sçais; mais je voudrois bien qu'on n'y joignît pas la fourberie. C'est une chose très commode pour les vicieux que toutes les maximes qu'on nous débite depuis long-tems sur le scandale: si on les vouloit suivre à la rigueur, il faudroit se laisser piller, trahir, tuer impunément & ne jamais punir personne; car c'est un objet très-scandaleux, qu'un scélerat sur la roue. Mais l'hypocrisie est un hommage que le vice rend à la vertu? Oui, comme celui des assassins de Cesar, qui se prosternoit à ses pieds pour l'égorger plus sûrement. Cette pensée a beau être brillante, elle a beau être autorisée du nom célebre de son Auteur, elle n'en est pas plus juste. Dira-t'on jamais d'un filou, qui prend la livrée d'une maison pour faire son coup plus commodément, qu'il rend hommage au maître de la maison qu'il vole ? Non, couvrir sa méchanceté du dangereux manteau de l'hypocrisie, ce n'est point honorer la vertu ; c'est l'outrager en profanant ses enseignes ; c'est ajoûter la lâcheté & la fourberie à tous les autres vices ; c'est se fermer pour jamais tout retour vers la probité. Il y a des caractéres élevés qui portent jusques dans le crime je ne sçai quoi de fier & de généreux, qui laisse voir au dedans encore quelque étincelle de ce feu céleste fait pour animer les belles ames. Mais l'ame vile & rempante de l'hypocrite est semblable à un cadavre, où l'on ne trouve plus ni feu, ni chaleur, ni ressource à la vie. J'en appelle à l'expérience. On a vû de grands scélerats rentrer

rentrer en eux-mêmes, achever saintement leur carriére & mourir en prédestinés. Mais ce que personne n'a jamais vû, c'est un hypocrite devenir homme de bien; on auroit pû raisonnablement tenter la conversion de Cartouche, jamais un homme sage n'eut entrepris celle de Cromwel.

J'ai attribué au rétablissement des Lettres & des Arts, l'élégance & la politesse qui regnent dans nos maniéres. L'Auteur de la Réponse me le dispute, & j'en suis étonné: car puisqu'il fait tant de cas de la politesse, & qu'il fait tant de cas des Sciences, je n'apperçois pas l'avantage qui lui reviendra d'ôter à l'une de ces choses l'honneur d'avoir produit l'autre. Mais examinons ses preuves: elles se réduisent à ceci. *On ne voit point que les Sçavans soient plus polis que les autres hommes; au contraire, ils le sont souvent beaucoup moins ; donc notre politesse n'est pas l'ouvrage des Sciences.*

Je remarquerai d'abord qu'il s'agit moins ici de Sciences que de Littérature, de beaux Arts & d'ouvrages de goût ; & nos beaux esprits, aussi peu Sçavans qu'on voudra, mais si polis, si répandus, si brillans, si petits maîtres, se reconnoîtront difficilement à l'air maussade & pédantesque que l'Auteur de la Réponse leur veut donner. Mais passons-lui cet antécédent ; accordons, s'il le faut, que les Sçavans, les Poëtes & les beaux esprits sont tous également ridicules ; que Messieurs de l'Académie des Belles-Lettres, Messieurs de l'Académie des Sciences, Messieurs de l'Académie Françoise, sont des gens grossiers, qui ne connoissent ni le ton, ni les usages du monde, & exclus par état de la bonne compagnie ; l'Auteur gagnera peu de chose à cela, & n'en sera pas plus en droit de nier que la politesse & l'urbanité qui regnent parmi nous soient l'effet du bon goût, puisé d'abord chez les anciens & répandu parmi les peuples de l'Europe par les Livres agréables qu'on y publie de toutes parts. (*g*) Comme les meilleurs maîtres à danser, ne sont pas toûjours les gens qui se présentent le mieux, on peut donner

(*g*) Quand il est question d'objets aussi géneraux que les mœurs & les maniéres d'un peuple, il faut prendre garde de ne pas toujours retrécir ses vûes, sur des exemples particuliers. Ce seroit le moyen de ne jamais appercevoir les sources des choses. Pour sçavoir si j'ai raison d'attribuer la politesse à la culture des Lettres, il ne faut pas chercher si un Sçavant ou un autre sont des gens polis; mais il faut examiner les rapports qui peuvent être entre la littérature & la politesse, & voir ensuite quels sont les peuples chez lesquels ces choses se sont trouvées réunies ou séparées. J'en dis autant du luxe, de la liberté, & de toutes les autres choses qui influent sur les mœurs d'une Nation, & sur lesquelles j'entens faire chaque jour tant de pitoyables raisonnemens: Examiner tout cela en petit & sur quelques individus, ce n'est pas Philosopher, c'est perdre son tems & ses réflexions; car on peut connoître à fond Pierre ou Jacques, & avoir fait très-peu de progrès dans la connoissance des hommes.

de très-bonnes leçons de politesse ; sans vouloir ou pouvoir être fort poli soi-même. Ces pesans Commentateurs qu'on nous dit qui connoissoient tout dans les anciens, hors la grace & la finesse, n'ont pas laissé, par leurs ouvrages utiles, quoique méprisés, de nous apprendre à sentir ces beautés qu'ils ne sentoient point. Il en est de même de cet agrément du commerce, & de cette élégance de mœurs qu'on substituë à leur pureté, & qui s'est fait remarquer chez tous les peuples où les Lettres ont été en honneur ; à Athénes, à Rome, à la Chine, par tout on a vû la politesse & du langage & des maniéres accompagner toûjours, non les Sçavans & les Artistes, mais les Sciences & les beaux Arts.

L'Auteur attaque en suite les loüanges que j'ai données à l'ignorance : & me taxant d'avoir parlé plus en Orateur qu'en Philoſophe, il peint l'ignorance à ſon tour ; & l'on peut bien ſe douter qu'il ne lui prête pas de belles couleurs.

Je ne nie point qu'il ait raiſon, mais je ne crois pas avoir tort. Il ne faut qu'une diſtinction très-juſte & très-vraie pour nous concilier.

Il y a une ignorance féroce (*h*) & brutale, qui nait d'un mauvais cœur & d'un eſprit faux ; une ignorance criminelle qui s'étend juſqu'aux devoirs de l'humanité ; qui multiplie les vices ; qui dégrade la raiſon, avilit l'ame &

(*h*) Je ferai fort étonné, ſi quelqu'un de mes critiques ne part de l'éloge que j'ai fait de pluſieurs peuples ignorans & vertueux, pour m'oppoſer la liſte de toutes les troupes de Brigands qui ont infecté la terre, & qui pour l'ordinaire n'étoient pas de fort Sçavans hommes. Je les exhorte d'avance, à ne pas ſe fatiguer à cette recherche, à moins qu'ils ne l'eſtiment néceſſaire pour montrer de l'érudition. Si j'avois dit qu'il ſuffit d'être ignorant pour être vertueux ; ce ne ſeroit pas la peine de me répondre ; & par la même raiſon, je me croirai très-diſpenſé de répondre moi-même à ceux qui perdront leur tems à me ſoûtenir le contraire.

rend les hommes semblables aux bêtes : cette ignorance est celle que l'Auteur attaque, & dont il fait un portrait fort odieux & fort ressemblant. Il y a une autre sorte d'ignorance raisonnable, qui consiste à borner sa curiosité à l'étenduë des facultés qu'on a reçuës ; une ignorance modeste, qui nait d'un vif amour pour la vertu, & n'inspire qu'indifférence sur toutes les choses qui ne sont point dignes de remplir le cœur de l'homme, & qui ne contribuent point à le rendre meilleur ; une douce & précieuse ignorance, trésor d'une ame pure & contente de soi, qui met toute sa félicité à se replier sur elle-même, à se rendre témoignage de son innocence, & n'a pas besoin de chercher un faux & vain bonheur dans l'opinion que les autres pourroient avoir de ses lumiéres : Voilà l'ignorance que j'ai louée, & celle que je demande au Ciel en punition du ſcandale que j'ai cauſé aux doctes, par mon mépris déclaré pour les Sciences humaines.

Que l'on compare, dit l'Auteur, *à ces tems d'ignorance & de barbarie, ces ſiécles heureux où les Sciences ont répandu par tout l'eſprit d'ordre & de juſtice.* Ces ſiécles heureux ſeront difficiles à trouver; mais on en trouvera plus aiſément où, grace aux Sciences, *Ordre* & *Juſtice* ne ſeront plus que de vains noms faits pour en impoſer au peuple, & où l'apparence en aura été conſervée avec ſoin, pour les détruire en effet plus impunément. *On voit de nos jours des guerres moins fréquentes, mais plus juſtes*; en quelque tems que ce ſoit, comment la guerre pourra-t'elle être plus juſte dans l'un des partis, ſans être plus injuſte dans l'autre? Je ne ſçaurois concevoir cela! *Des actions moins éton-*

nantes, mais plus héroïques. Perſonne aſſûrement ne diſputera à mon Adverſaire le droit de juger de l'héroïſme; mais penſe-t'il que ce qui n'eſt point étonnant pour lui, ne le ſoit pas pour nous? *Des victoires moins ſanglantes, mais plus glorieuſes; des Conquêtes moins rapides, mais plus aſſurées; des guerriers moins violens, mais plus redoutés; ſçachant vaincre avec modération, traitant les vaincus avec humanité; l'honneur eſt leur guide, la gloire leur récompenſe.* Je ne nie p[illegible] à l'Auteur qu'il y ait de grands hommes parmi nous, il lui ſeroit trop aiſé d'en fournir la preuve; ce qui n'empêche point que les peuples ne ſoient très-corrompus. Au reſte, ces choſes ſont ſi vagues qu'on pourroit preſque les dire de tous les âges; & il eſt impoſſible d'y répondre, parce qu'il faudroit feuilleter des Bibliothéques &

faire des infolio pour établir des preuves pour ou contre.

Quand Socrate a maltraité les Sciences, il n'a pû, ce me ſemble, avoir en vuë, ni l'orgueil des Stoïciens, ni la molleſſe des Epicuriens, ni l'abſurde jargon des Pyrrhoniens, parce qu'aucun de tous ces gens-là n'exiſtoit de ſon tems. Mais ce léger anacroniſme n'eſt point meſſéant à mon Adverſaire: il a mieux employé ſa vie qu'à vérifier des dates, & n'eſt pas plus obligé de ſçavoir par cœur ſon Diogene-Laërce, que moi d'avoir vû de près ce qui ſe paſſe dans les combats.

Je conviens donc, que Socrate n'a ſongé qu'à relever les vices des Philoſophes de ſon tems: mais je ne ſçais qu'en conclure, ſinon que dès ce tems-là les vices pulluloient avec les Philoſophes. A cela on me répond que c'eſt l'abus de la Philoſophie, & je ne penſe pas avoir dit le contraire. Quoi! faut-il donc ſupprimer toutes les choſes dont on abuſe? Oüi ſans doute, répondrai-je ſans balancer : toutes celles qui ſont inutiles ; toutes celles dont l'abus fait plus de mal que leur uſage ne fait de bien.

Arrêtons-nous un inſtant ſur cette derniére conſéquence, & gardons-nous d'en conclure qu'il faille aujourd'hui brûler toutes les Bibliothéques & détruire les Univerſités & les Académies. Nous ne ferions que replonger l'Europe dans la Barbarie, & les mœurs ni gagneroient rien.* C'eſt avec douleur que je vais prononcer une grande & fatale vérité. Il n'y a qu'un pas du ſçavoir à l'ignorance ; & l'al-

* *Les vices nous reſteroient*, dit le Philoſophe que j'ai déja cité, *& nous aurions l'ignorance de plus.* Dans le peu de lignes que cet Auteur a écrites ſur ce grand ſujet, on voit qu'il a tourné les yeux de ce côté, & qu'il a vû loin.

ternative de l'un à l'autre eſt fréquente chez les Nations ; mais on n'a jamais vû de peuple une fois corrompu, revenir à la vertu. En vain vous prétendriez détruire les ſources du mal ; en vain vous ôteriez les alimens de la vanité, de l'oiſiveté & du luxe ; en vain même vous raméneriez les hommes à cette premiére égalité, conſervatrice de l'innocence & ſource de toute vertu : leurs cœurs une fois gâtés le ſeront toûjours ; il n'y a plus de remède, à moins de quelque grande révolution preſque auſſi à craindre que le mal qu'elle pourroit guérir, & qu'il eſt blâmable de déſirer & impoſſible de prévoir.

Laiſſons donc les Sciences & les Arts adoucir en quelque ſorte la férocité des hommes qu'ils ont corrompus ; cherchons à faire une diverſion ſage, & tâchons de donner le change à leurs paſſions. Offrons quelques alimens à ces Tygres, afin qu'ils ne devorent pas nos enfans. Les lumiéres du méchant ſont encore moins à craindre que ſa brutale ſtupidité; elles le rendent au moins plus circonſpect ſur le mal qu'il pourroit faire, par la connoiſſance de celui qu'il en recevroit lui-même.

J'ai loüé les Académies & leurs illuſtres fondateurs, & j'en répéterai volontiers l'éloge. Quand le mal eſt incurable, le Médecin applique des palliatifs, & proportionne les remédes, moins aux beſoins qu'au tempérament du malade. C'eſt aux ſages légiſlateurs d'imiter ſa prudence; &, ne pouvant plus approprier aux Peuples malades, la plus excellente police, de leur donner du moins, comme Solon, la meilleure qu'ils puiſſent comporter.

Il y a en Europe un grand Prince, & ce qui eſt bien plus, un vertueux Citoyen, qui dans la patrie qu'il a adoptée & qu'il rend heureuſe, vient de former pluſieurs inſtitutions en faveur des Lettres. Il a fait en cela une choſe très-digne de ſa ſageſſe & de ſa vertu. Quand il eſt queſtion d'établiſſement politiques, c'eſt le tems & le lieu qui décident de tout. Il faut pour leurs propres intérêts que les Princes favoriſent toûjours les Sciences & les Arts; j'en ai dit la raiſon: & dans l'état préſent des choſes, il faut encore qu'ils les favoriſent aujourd'hui pour l'intérêt même des Peuples. S'il y avoit actuellement parmi nous quelque Monarque aſſez borné pour penſer & agir différemment, ſes ſujets reſteroient pauvres & ignorans, & n'en ſeroient pas moins vicieux. Mon Adverſaire a négligé de tirer avantage d'un exemple ſi frappant & ſi favorable en apparence à ſa cauſe ; peut-être eſt-il le ſeul qui l'ignore, ou qui n'y ait pas ſongé. Qu'il ſouffre donc qu'on le lui rappelle ; qu'il ne refuſe point à de grandes choſes les éloges qui leur ſont dûs ; qu'il les admire ainſi que nous, & ne s'en tienne pas plus fort contre les vérités qu'il attaque.

FIN.

www.ingramcontent.com/pod-product-compliance
Ingram Content Group UK Ltd.
Pitfield, Milton Keynes, MK11 3LW, UK
UKHW020424230726
13925UKWH00004B/1602